MYSTÈRE MYSTÈRE

Du même auteur, dans la même série :

ÉTRANGES DISPARITIONS

UN FANTÔME AU MANOIR

MYSTÈRE MYSTÈRE

Ron Roy

Illustrations de Nicolas Julo

L'AUTEUR SANS VISAGE

RAGEOT

Cet ouvrage a paru sous le titre
The Absent Author (*A to Z Mysteries*, tome 1).

Cette traduction est publiée avec l'accord de Random House Children's Books, un département de Random House, Inc.

Traduction : Émilie Éveilleau.

ISBN 978-2-7002-3431-2
ISSN 1772-5771

Loi n° 49-956 du 16-07-1949 sur les publications destinées à la jeunesse.

UNE VISITE EXTRAORDINAIRE

– S'il te plaît, Josh. Si tu viens avec moi, je ferai tout ce que tu voudras, absolument tout ! implora 3D.

Le véritable nom de 3D était Donald David Duncan. Mais personne à Smalltown ne l'appelait jamais ainsi, excepté sa mère lorsqu'elle le grondait.

– Absolument tout, c'est vrai ? demanda Josh Pinto en adressant un large sourire à son meilleur ami.

Josh contempla le plafond de la chambre.

– Voyons, qu'est-ce que je pourrais bien te demander…

Il se gratta longuement la tête avant de s'exclamer :

– Je sais ! Je veux Ladypig !

3D jeta un coussin à la tête de Josh.

– Quand je disais « absolument tout », il fallait comprendre « absolument tout sauf mon cochon d'Inde » ! Alors, tu viens ou pas ? Je dois être à la librairie dans un quart d'heure !

3D se précipita dans la salle de bains tout en rentrant son tee-shirt dans son jean. Face au miroir, il brossa ses épais cheveux blonds.

– Bon alors, tu viens ou pas ?

– Qu'est-ce qu'il a de spécial, cet écrivain ? demanda Josh en s'asseyant sur le rebord de la baignoire.

3D se tourna vers son ami et, pointant sa brosse à cheveux vers lui, il déclara :

– Wallis Wallace n'est pas un écrivain comme les autres, Josh. C'est l'auteur de romans policiers le plus connu au monde ! Tous les enfants lisent et adorent ses histoires. Tous sauf toi.

– S'il est si célèbre que ça, pourquoi vient-il dédicacer ses livres dans une aussi petite ville que Smalltown ?

3D regagna sa chambre au pas de course en criant :

– Je te l'ai déjà dit ! Je l'ai invité !

Il plongea sous son lit pour attraper ses baskets.

– Je suis mort de trouille à l'idée de le rencontrer. Il est tellement célèbre ! Et je n'ai pas la moindre idée de ce qu'il faut dire à un écrivain. S'il te plaît, Josh, viens avec moi !

Josh s'appuya au chambranle de la porte.

– Bien sûr que je t'accompagne ! Je te faisais juste marcher. C'est marrant de te voir si nerveux, toi qui es toujours si calme.

– C'est vrai ? Tu viens ? Merci ! Je n'arrive pas à réaliser que Wallis Wallace a répondu à mon invitation. Quand je lui ai écrit, je n'aurais jamais cru qu'il accepterait de venir à Smalltown.

3D sortit son sac à dos de son armoire d'un coup sec.

– Est-ce que tu pourrais y ranger ses livres ? Je voudrais qu'il me les dédicace.

– Waouh, mais tu en as combien ? s'exclama Josh en s'exécutant.

– Je les ai tous.

3D s'assit par terre pour faire ses lacets et ajouta :

– Vingt-trois, pour le moment. Tu devrais essayer d'en lire quelques-uns.

Josh saisit *L'étang empoisonné* et parcourut rapidement la quatrième de couverture.

– Waouh ! Tu as vu ça ? Il paraît que Wallis Wallace vit dans un manoir dans l'État du Maine ! Génial, non ?

– Quand je serai un écrivain célèbre, tu pourras venir vivre dans mon manoir, dit 3D en souriant.

– Pas question. Quand *je* serai un artiste connu, *tu* vivras dans *mon* manoir… mais à la cave !!!

Josh attrapa *L'énigme de la rivière*.

– À quoi ressemble cet homme, au juste ? Sa photo ne figure sur aucun de ses livres.

– Je me suis posé la question, moi aussi, répondit 3D. Quand je lui ai écrit, je lui ai envoyé ma photo et je lui ai demandé de m'en envoyer une de lui. J'ai bien reçu sa lettre, mais il n'y avait pas de photo.

En finissant de lacer ses chaussures, 3D suggéra :

– Peut-être que Wallis Wallace n'aime pas qu'on le photographie.

Josh entassa les vingt-trois livres dans le sac de 3D et suggéra :

– Ou peut-être qu'il est d'une laideur repoussante.

3D rit.

– Pourtant, toi qui es moche comme un pou, tu adores te faire photographier.

– Ah ah ! Très drôle ! s'exclama Josh en attrapant son carnet de croquis. C'est bien parce que tu es mon meilleur ami que je ferai son portrait et que je te le donnerai après la séance de dédicace.

3D regarda sa montre et s'exclama :

– Vite ! On a rendez-vous avec Rose dans une minute !

Puis il se rua dans la salle de bains pour se brosser les dents.

– Comment tu as fait pour la convaincre de venir ? lui lança Josh.

3D fit irruption dans la chambre en essuyant sa bouche couverte de dentifrice.

– Tu te moques de moi ? Rose adore les romans de Wallis Wallace.

Puis il mit le sac sur son dos, et les deux amis se rendirent au pas de course au 24, Wood Street.

LA LETTRE DE WALLIS WALLACE

Cat, la chatte rousse de Rose, était étendue au soleil sur le perron.

3D sonna et Rose ouvrit la porte.

Comme à son habitude, elle était vêtue de la tête aux pieds de vêtements de la même couleur. Ce jour-là, ils étaient tous violets. Elle portait une salopette violette, une chemise violette et des baskets violettes. Une casquette, violette également, retenait ses boucles brunes.

– Salut, dit-elle.

Puis elle se tourna vers l'intérieur de la maison et hurla :

– LES GARÇONS SONT ARRIVÉS, MAMAN. J'Y VAIS !

3D et Josh se bouchèrent vite les oreilles.

– Ouh là là, Rose, je ne sais pas ce qui est le plus criard : ta tenue ou ta voix.

Rose sourit gentiment à Josh puis se tourna vers 3D.

– J'ai hâte que Wallis Wallace me dédicace son livre ! déclara-t-elle en brandissant un exemplaire du *Fantôme de la pharmacie*.

– Je me demande s'il nous lira le début du roman qu'il est en train d'écrire, s'interrogea 3D.

– Tu connais le titre ? lui demanda Rose comme ils se dirigeaient vers *Bookshop*, la librairie de Smalltown.

– Non. Mais il m'a écrit qu'il allait profiter de son séjour dans le Connecticut pour se documenter.

3D sortit de sa poche la lettre que lui avait envoyée l'écrivain et la lut à haute voix tout en marchant :

> Cher monsieur Duncan,
>
> Merci pour votre gentille lettre et pour votre photo. C'est formidable que vous ayez lu tous mes livres !
>
> J'ai une bonne nouvelle à vous annoncer : je serai bientôt à Smalltown pour une séance de dédicace à la librairie Bookshop.
>
> Et je profiterai de mon temps libre pour faire des recherches au sujet de mon prochain roman.
>
> J'ai hâte de faire la connaissance de l'un de mes admirateurs les plus fervents.
>
> Je ne manquerais cette rencontre pour rien au monde. Il faudrait me kidnapper pour m'empêcher de venir !
>
> À bientôt,
>
> Wallis Wallace

La signature était tracée en grandes lettres rondes.

– Chouette lettre, non ? demanda 3D en souriant de toutes ses dents.

– Très chouette, cher monsieur Duncan ! le taquina Josh.

– Tu devrais la faire encadrer, ajouta Rose.

– Bonne idée ! lui répondit 3D.

Comme ils passaient devant le salon de coiffure, Howard, le coiffeur, leur fit signe à travers sa vitrine.

– Allez ! Dépêchez-vous ! s'exclama 3D en accélérant le pas. Nous allons être en retard.

Lorsqu'ils atteignirent la librairie, ils étaient à bout de souffle. Une foule d'enfants se trouvaient déjà dans le magasin. Presque tous les sièges installés pour l'occasion par le libraire, M. Goodbook, étaient occupés.

M. Goodbook s'était assis à une table sur laquelle était posé un écriteau « Bienvenue, Wallis Wallace ! »

Mais la chaise destinée à l'auteur était vide. La gorge de 3D se serra.

Où était Wallis Wallace ?

RENDEZ-VOUS MANQUÉ

3D se précipita dans la librairie, Josh et Rose sur ses talons. Ils trouvèrent trois sièges libres derrière Tom et Eddie Carini. 3D posa lourdement son sac par terre. L'horloge accrochée au-dessus de la caisse enregistreuse indiquait 11 h 03.

– Où est-il ? chuchota 3D à l'oreille de Tom.

– Aucune idée, lui répondit Tom en se retournant. Il n'est pas encore arrivé, et monsieur Goodbook a l'air inquiet.

– Que se passe-t-il ? intervint Rose.

3D répéta à Josh et Rose ce que Tom venait de lui expliquer.

– C'est vrai que Goodbook a l'air nerveux, approuva Rose.

– Monsieur Goodbook a toujours l'air nerveux, rétorqua 3D en jetant un coup d'œil autour de lui.

Il y avait dans la librairie une trentaine d'enfants, qu'il connaissait tous et même Mme Bird, sa voisine, qui feuilletait un livre au rayon « jardinage ».

3D observa attentivement les autres adultes présents dans la boutique. Aucun d'eux ne ressemblait à un auteur de romans policiers célèbre dans le monde entier.

Soudain, M. Goodbook se leva.

– Bonjour à tous, dit-il, et bienvenue à la librairie *Bookshop* ! Wallis Wallace devrait arriver d'une seconde à l'autre. Combien d'entre vous ont des romans à lui faire dédicacer ?

Tous les enfants brandirent leur livre.

– Splendide ! Wallis Wallace sera ravi de découvrir à quel point les enfants de Smalltown aiment lire !

Garçons et filles applaudirent en poussant des cris de joie.

3D fixa l'horloge qui affichait désormais 11 h 05. Wallis Wallace avait cinq minutes de retard.

Cinq autres minutes s'écoulèrent lentement. 3D s'inquiétait. « Où est Wallis Wallace ? » se demandait-il.

Certains enfants commençaient à perdre patience. 3D entendit l'un d'eux murmurer :

– Moi, quand je suis en retard, on me punit.

– Mais qu'est-ce qu'il fabrique ? demanda Josh.

– Il est à peine 11 h 10, déclara Rose après avoir regardé sa montre. Les célébrités se font toujours attendre.

À présent, 3D avait les yeux rivés à l'horloge. La grande aiguille avança avec un soubresaut, s'arrêta, avança de nouveau.

À 11 h 15, M. Goodbook se leva pour la deuxième fois.

– Je ne m'explique pas le retard de Wallis Wallace, commença-t-il.

Son crâne chauve luisait de sueur, et il jouait nerveusement avec son nœud papillon.

– Nous allons lui accorder quelques petites minutes supplémentaires, si vous êtes d'accord, dit-il en souriant courageusement.

Cependant, derrière les verres épais de ses lunettes, il clignait furieusement des yeux. Les enfants grommelèrent, mais aucun d'eux ne quitta la librairie.

Rose se plongea dans la lecture de son livre.

Josh ouvrit son carnet de croquis et entreprit de faire le portrait de M. Goodbook.

3D, lui, fixa la porte de la librairie en priant pour que Wallis Wallace la franchisse bientôt. « Il faut absolument que vous veniez ! » se répétait-il en lui-même.

Depuis qu'il avait reçu la lettre de Wallis Wallace, il ne pensait plus qu'à leur rencontre prochaine.

Soudain les battements de son cœur s'accélérèrent : la lettre ! Que disait-elle, déjà ? « Je ne manquerais cette rencontre pour rien au monde. Il faudrait me kidnapper pour m'empêcher de venir ! »

Il faudrait me kidnapper pour m'empêcher de venir !

Mais non. Wallis Wallace ne pouvait pas avoir été enlevé ! C'était impossible !

M. Goodbook, qui ne souriait plus, se leva une troisième fois.

– Je suis désolé, mais il semble que Wallis Wallace ne viendra pas aujourd'hui. Vous pouvez rentrer chez vous.

Les enfants protestèrent et se levèrent bruyamment. M. Goodbook s'excusa auprès d'eux à mesure qu'ils franchissaient le seuil de la librairie.

3D entendit Amy Flower se plaindre :

– J'ai lu presque tous ses livres ! Si ça se trouve, je n'aurai plus jamais l'occasion de rencontrer quelqu'un de célèbre !

– Dire qu'on a annulé un match de foot pour venir ici ! murmura Tom à Eddie Carini alors qu'ils se dirigeaient vers la sortie.

Josh et Rose leur emboîtèrent le pas, mais 3D resta assis sur sa chaise, trop sonné pour bouger. Les termes de la lettre tournaient en boucle dans son esprit : « Il faudrait me kidnapper… »

– Qu'est-ce qu'il t'arrive ? lui demanda Rose lorsqu'il les rejoignit devant la librairie. Tu n'as pas l'air bien.

– Non. C'est moi qui ai invité Wallis Wallace. Tout est ma faute.

– De quoi parles-tu ? l'interrogea Josh.

– De ça ! lui répondit 3D en lui tendant la lettre. Wallis Wallace a été kidnappé !

WALLIS WALLACE A DISPARU !

– KIDNAPPÉ ! s'exclama Rose, les yeux écarquillés.

– Chut ! ordonna Josh, en se bouchant les oreilles. Il y a une femme là-bas qui nous observe.

– Elle était à la librairie *Bookshop*, précisa 3D, assise au dernier rang.

– Elle s'approche de nous ! s'écria Rose.

La femme avait les cheveux bruns noués en chignon. Elle portait des lunettes demi-lune, une robe et des chaussures marron, et un sac sur lequel était représenté un élan. Une écharpe rouge imprimée de minuscules lettres noires était nouée à son cou.

– Pardonnez-moi mais venez-vous de dire que Wallis Wallace avait été kidnappé ? leur demanda-t-elle d'une voix douce, tout en remontant ses lunettes sur son nez.

3D hésita à répondre. Il pensait que Wallis Wallace avait été kidnappé, mais rien ne lui permettait de l'affirmer.

– Eh bien, il se peut qu'on l'ait enlevé, oui.

– Oh mon Dieu ! s'écria la femme, suffoquée.

– Comment vous appelez-vous ? s'enquit Josh.

– Excusez-moi de ne pas m'être présentée, répondit-elle en rougissant. Je m'appelle Mary Green. Je suis aussi écrivain et je suis venue à Smalltown pour rencontrer Wallis Wallace.

– Mon nom est Donald David Duncan, mais on m'appelle 3D, et voici mes amis Rose et Josh.

Mary leur serra timidement la main, puis elle sortit une feuille de son sac.

– J'ai reçu cette lettre de Wallis Wallace la semaine dernière, expliqua-t-elle. Je n'y avais pas particulièrement prêté attention jusque-là, mais...

Elle tendit la lettre à 3D qui commença à la lire tandis que Rose et Josh se penchaient par-dessus son épaule.

> Chère Mary,
>
> J'ai bien reçu votre message.
>
> Je me porte à merveille, merci, bien que dernièrement mon imagination semble me jouer des tours. J'ai la nette impression d'être suivi.
>
> C'est peut-être le sort des auteurs de romans policiers de voir le danger partout.
>
> Quoi qu'il en soit, je suis impatient de déjeuner avec vous à Smalltown après ma séance de dédicace.
>
> Wallis Wallace

– Eh ben ! s'écria Rose. Avoir l'impression d'être suivi et disparaître quelques jours plus tard…

– Et il m'a écrit que rien ne pourrait l'empêcher de venir à Smalltown à part un kidnapping ! expliqua 3D à Mary.

– Oh mon Dieu ! s'exclama Mary. Mais quel intérêt y aurait-il à kidnapper Wallis Wallace ?

– C'est l'écrivain de romans policiers le plus célèbre au monde, non ? Donc il doit être riche. Ses ravisseurs vont demander une rançon, supposa Josh.

Tout à coup, il saisit 3D par le bras.

– Regarde, 3D, voilà la police ! Ils sont déjà au courant de l'enlèvement de Wallis Wallace !

– Josh, c'est juste le policier Right. Il vient sûrement chercher Jimmy, je l'ai vu à la séance de dédicace.

– On devrait peut-être lui parler de ces lettres, suggéra Rose. Si Wallis Wallace a été kidnappé, ce sont des indices importants.

– Qui a été kidnappé ? demanda le policier Right en les rejoignant. Pas mon petit-fils, j'espère ! ajouta-t-il en souriant.

3D tendit les deux lettres au policier en lui expliquant la situation :

– Nous pensons que Wallis Wallace a été enlevé. Il n'est pas venu dédicacer ses livres comme convenu.

Le policier Right lut la lettre adressée à Mary puis celle adressée à 3D.

– Il est vrai que le contenu de ces lettres est assez louche, dit-il en se grattant le menton, mais il me semble plus probable que M. Wallace ait simplement manqué son avion, conclut-il en rendant les lettres à 3D.

À cet instant, Jimmy Right surgit de la librairie *Bookshop*, un roman de Wallis Wallace à la main.

– Papy ! L'auteur n'est pas venu, on peut aller manger une glace ?

Le policier posa sa grosse main sur la tête de Jimmy.

– On y va dans une minute, Jimmy.

Puis il se tourna vers 3D :

– À ta place, je ne m'inquiéterais pas. Monsieur Wallace va bientôt arriver. Mais appelle-moi demain si on est toujours sans nouvelles de lui, d'accord ?

Et il s'éloigna avec son petit-fils.

3D rendit sa lettre à Mary, puis replia la sienne et la glissa dans sa poche. Il était assailli par des idées noires. « Si Wallis Wallace a vraiment été kidnappé, c'est ma faute, pensait-il. Rien de tout cela ne serait arrivé si je ne l'avais pas invité à Smalltown. Je suis pratiquement complice des ravisseurs ! »

– Je n'ai pas envie d'attendre demain sans rien faire, déclara-t-il. Mettons-nous à sa recherche dès maintenant !

– On commence par quoi ? demanda Rose.

– On retourne à la librairie, dit 3D.

– Pardonnez-moi, intervint timidement Mary. Est-ce que je peux vous accompagner ?

– Bien sûr, lui répondit 3D.

Et ils se dirigèrent tous les quatre vers la librairie.

Quand ils arrivèrent, M. Goodbook, qui rangeait les romans prévus pour la signature, avait l'air encore plus troublé qu'avant.

– Excusez-moi, monsieur Goodbook, avez-vous reçu des nouvelles de Wallis Wallace ? demanda 3D au libraire.

– Non, aucune, répondit M. Goodbook en triturant nerveusement son nœud papillon.

– Nous pensons qu'il a été kidnappé ! révéla Josh de but en blanc.

M. Goodbook déglutit avec peine, et son nœud papillon s'agita.

– Ne tirons pas de conclusions hâtives, Josh. Je suis sûr qu'il existe une bonne raison à cette absence.

3D lui parla alors des lettres qu'avait envoyées l'écrivain.

– Je suis vraiment inquiet, monsieur Goodbook. Où peut-il bien être ?

– Je n'en ai aucune idée, répondit le libraire, qui tira un mouchoir de sa poche pour s'essuyer le visage. Mais voici son emploi du temps, dit-il en tendant un papier à 3D.

Mary, Rose et Josh se penchèrent par-dessus l'épaule de 3D pour lire en même temps que lui.

Programme de Wallis Wallace

Vendredi 15 juillet

- 19 h : arrivée à l'aéroport Bradley par le vol 3132 de New England Airlines. Réception par l'un des chauffeurs de la société Lawrence Taxi Service.
- 19 h 30 : arrivée à l'hôtel *Sleepwell* de Smalltown.

Samedi 16 juillet

- 11 h : séance de dédicace à la librairie *Bookshop*.
- 13 h : déjeuner.
- 16 h 30 : départ pour l'aéroport.

– Est-ce que je peux garder ce programme, monsieur Goodbook ? demanda 3D.

– Oui, bien sûr. Mais à quoi va-t-il te servir ? s'étonna le libraire en clignant furieusement des yeux.

3D prit un crayon sur le bureau et entoura les mots « aéroport », « taxi », « hôtel » et « librairie », puis il expliqua :

– C'est entre l'aéroport et la librairie *Bookshop* que Wallis Wallace a disparu. Ce programme nous dit où le chercher. Il suffit de suivre la piste !

UN DÉBUT DE PISTE

C'était l'heure de la pause déjeuner pour M. Goodbook, qui sortit avec ses visiteurs de la librairie et ferma la porte à clé avant de s'engager précipitamment dans Main Street.

– C'est parti ! lança 3D. Allons au *Funfood*, je demanderai à Ellie si je peux téléphoner.

– Bonne idée, s'exclama Josh. On mangera une glace pendant que tu téléphoneras à… à qui, d'ailleurs ?

– À l'aéroport, répondit 3D. On va commencer par vérifier que Wallis Wallace était bien à bord du vol 3132.

En entrant dans le restaurant *Funfood*, ils croisèrent Jimmy Right, qui s'attaquait à un cornet de trois boules au chocolat, et son grand-père.

Ellie se tenait derrière le comptoir. Son tablier était, comme toujours, constellé de taches de ketchup, de moutarde, de chocolat, et d'autres substances que 3D ne parvint pas à identifier.

– Bonjour, 3D, dit-elle en souriant. Qu'est-ce que tu prendras aujourd'hui ? Une boule vanille au caramel croustillant ?

– Non, merci Ellie, répondit-il en hochant la tête. J'aimerais utiliser le téléphone.

– Pardonnez-moi, mais cela vous ferait-il plaisir que je vous offre une glace ? proposa Mary Green. J'avais prévu d'inviter monsieur Wallace ce midi, mais comme il est absent…

– Avec plaisir ! Merci ! répondit immédiatement Josh. Je prendrai une boule menthe éclats de chocolat et une boule pistache, s'il vous plaît.

– Oh, toi aussi tu aimes la glace verte, remarqua Mary en souriant timidement. Je prendrai la même chose. Et toi Rose ?

– Moi, j'aime la glace rose, intervint Rose. Une boule à la fraise, s'il vous plaît.

– Et toi 3D, je t'offre une glace ? l'interrogea Mary.

– Non merci, je n'ai pas faim, répondit-il. Il faut que j'appelle l'aéroport.

3D se sentait très coupable. S'il n'avait pas invité Wallis Wallace à Smalltown, son auteur préféré serait tranquillement chez lui, dans son manoir du Maine.

Pourtant, il ne pouvait s'empêcher de ressentir une pointe d'excitation. Il avait l'impression d'être le personnage principal d'un de ses romans policiers préférés.

Il pénétra dans la cabine téléphonique et appela New England Airlines après avoir trouvé le numéro de la compagnie dans l'annuaire. Il demanda à son interlocuteur si Wallis Wallace était bien à bord du vol 3132 la veille.

– Vraiment ? Et l'avion a atterri à 19 heures, comme prévu ? Je vous remercie.

3D se rua hors de la cabine téléphonique et informa ses amis :

– Il se trouvait à bord du vol et l'avion a atterri à l'heure !

– Il n'a donc pas manqué son avion, commenta Rose, les lèvres recouvertes de glace à la fraise.

– Eh non ! acquiesça 3D en sortant le programme de sa poche pour barrer d'un trait le mot « aéroport ».

– Et maintenant, qu'est-ce qu'on fait ? demanda Josh en dégustant sa glace.

– Maintenant, on vérifie que Wallis Wallace a bien pris le taxi, déclara 3D en pointant du doigt le programme.

– Le siège des Taxis Lawrence se trouve près de l'Indian River, dit Rose. Allons-y.

– Vous voulez venir avec nous ? proposa 3D à Mary. C'est à cinq minutes d'ici.

– Avec joie, répondit Mary de sa voix douce après s'être délicatement essuyé les lèvres.

Ils saluèrent Ellie, sortirent du restaurant, puis s'engagèrent dans Woodview Road, qui descendait jusqu'à la rivière.

– Monsieur Goodbook avait l'air plutôt nerveux, non ? remarqua Josh en mastiquant bruyamment le dernier morceau de son cône.

– Tu ne le serais pas, toi, à sa place ? s'étonna Rose. Imagine que des clients attendent dans ton magasin un auteur qui ne se présente pas à sa séance de dédicace !

– Oui, peut-être, mais quand même ! Il était si nerveux que je me demande si ce n'est pas lui qui a enlevé Wallis Wallace.

– Josh, redescends sur terre ! s'exclama Rose. Quel intérêt aurait monsieur Goodbook à kidnapper un auteur dont il vend les romans par dizaines ?

– Je ne crois pas que monsieur Goodbook soit le ravisseur, intervint 3D. Mais Josh n'a pas complètement tort : un enquêteur se doit de considérer chacun comme un suspect. C'est comme ça que les héros procèdent dans les romans de Wallis Wallace.

Une fois sur River Road, ils tournèrent à gauche, et deux minutes plus tard 3D poussait la porte du siège des Taxis Lawrence. Il demanda à l'homme assis derrière le comptoir d'accueil si l'un des chauffeurs s'était rendu à l'aéroport la veille au soir pour réceptionner un client arrivant par le vol 3132.

– Oui, et je peux même te dire qu'il s'agit de Maureen Fullspeed. Tu as de la chance, elle est justement en train de déjeuner dans le parc à côté.

3D remercia l'homme puis entraîna ses amis jusqu'à un espace vert d'où on apercevait l'Indian River. Les rayons du soleil se reflétaient sur l'eau comme des pièces brillantes.

TAXI, S'IL VOUS PLAÎT !

Une femme, assise à une table de pique-nique, mangeait un sandwich tout en faisant des mots croisés.

– Excusez-moi, l'interpella 3D. Êtes-vous Maureen Fullspeed ?

– Non, lui répondit la femme en hochant la tête sans lever les yeux de son magazine, moi c'est Cameron Diaz.

Elle traça une lettre dans une case avant de poser son regard malicieux sur 3D.

– Mais si, jeune homme, je suis Maureen Fullspeed. Et toi, qui es-tu ? lui demanda-t-elle à son tour.

– Je m'appelle Donald Duncan. Et voici mes amis Josh, Rose et Mary.

– Peut-être allez-vous pouvoir nous aider, lui dit Rose.

– Ah oui ? Et comment ?

– Nous voudrions savoir si vous êtes allée chercher un certain Wallis Wallace hier soir à l'aéroport, déclara 3D avec sérieux.

– En quoi cela te concerne-t-il ? rétorqua Maureen en lui lançant un regard en coin.

– Wallis Wallace a disparu ! s'exclama Josh.

– Je peux vous assurer que ce n'est pas moi qui le retiens prisonnier ! s'exclama Maureen avant de mordre à belles dents dans son sandwich et de se mettre de la mayonnaise plein les doigts.

– Je m'en doute, rétorqua 3D. Enfin, je veux dire qu'on ne vous soupçonne pas. Mais vous êtes bien allée le chercher ?

Maureen acquiesça tout en avalant sa bouchée.

– Ça oui. À 19 heures tapantes j'étais à l'aéroport, aux arrivées, avec mon panneau WALLIS WALLACE. Dès qu'il m'a repérée, il s'est précipité vers moi et je l'ai conduit à mon taxi. Il est monté à l'arrière, une petite valise à la main. Il portait un chapeau, un long imperméable et des lunettes de soleil. Imaginez un peu : des lunettes de soleil à cette heure ! Je l'ai trouvé plutôt bizarre.

– L'avez-vous conduit à l'hôtel *Sleepwell* ? demanda 3D.

– Oui, poursuivit Maureen. Comme prévu. Il n'avait pas besoin de m'indiquer le chemin, je le connais par cœur, mais il aurait au moins pu échanger quelques mots avec moi. Pour passer le temps, tu comprends ? D'habitude la plupart des gens aiment bien faire la conversation. Mais lui, il est resté muet comme une carpe.

Maureen essuya la mayonnaise qui maculait ses doigts et ses lèvres avant de demander :

– Mais qui est ce Wallis Wallace, au fait ?

– Un écrivain célèbre ! lui répondit Rose d'une voix vibrante d'enthousiasme.

Maureen en resta bouche bée.

– Tu veux dire que j'avais une star dans mon taxi ?

– Qu'est-ce qui s'est passé quand vous êtes arrivés à l'hôtel ? s'enquit Josh.

Maureen se leva pour jeter sa serviette dans une poubelle.

– Je suis sortie de mon taxi et je lui ai ouvert la portière. Il a bondi de son siège, il m'a donné un billet de vingt dollars, puis il s'est engouffré dans le hall de l'hôtel. Je ne l'ai pas revu depuis.

3D sortit le programme de sa poche. Il barra le mot « taxi » d'un épais trait noir, puis traça un point d'interrogation à côté du mot « hôtel ».

– Merci beaucoup pour ces renseignements, madame Fullspeed. On y va, les amis. J'ai l'impression qu'on approche du but.

Maureen posa soudain la main sur le bras de 3D.

– Je viens de me souvenir de quelque chose d'étrange. Au moment où il m'a tendu le billet, monsieur Wallace souriait.

3D fixa Maureen.

– Il souriait ?

– Oui, il souriait malicieusement, comme s'il était en train de jouer un bon tour à quelqu'un.

MYSTÈRE AU *SLEEPWELL*

Une fois dans Main Street, 3D prit la tête du groupe en direction de l'hôtel *Sleepwell*.

– Maureen Fullspeed a dit qu'elle avait déposé Wallis Wallace à l'hôtel hier soir, déclara-t-il. C'est donc là-bas que nous allons poursuivre notre enquête.

– Et si elle avait menti ? intervint Josh en rattrapant son ami.

– Comment cela ?

– Eh bien, peut-être que Maureen Fullspeed ne nous a pas dit la vérité. Peut-être que c'est elle qui a kidnappé Wallis Wallace !

– Bien sûr, l'interrompit Rose, et elle le dissimule dans sa boîte à sandwiches !

– Très drôle, Rose, rétorqua Josh avant de reprendre : Maureen Fullspeed prétend avoir accompagné Wallis Wallace à son hôtel, mais elle a pu le conduire ailleurs.

– C'est possible, en effet, répondit 3D. Et c'est pour vérifier qu'elle nous a dit la vérité que nous allons à l'hôtel.

3D pénétra d'un pas décidé dans l'hôtel et s'approcha de la réception.

– Bonjour monsieur, dit-il au réceptionniste qui se tenait derrière le comptoir du *Sleepwell*.

– Bonjour jeune homme. Que puis-je faire pour toi ?

C'était l'homme le plus triste que 3D ait jamais rencontré. Ses fins cheveux noirs étaient clairsemés, ses sourcils tombants. Sa fine moustache évoquait un mille-pattes endormi. Un badge accroché à sa veste indiquait son nom : M. Butler.

– Nous sommes à la recherche de quelqu'un.

M. Butler dévisagea 3D.

– Quelqu'un qui est censé séjourner dans cet hôtel, expliqua Josh.

L'homme lissa sa moustache en fixant Josh du regard.

– Il s'appelle Wallis Wallace, précisa 3D. Pourriez-vous nous confirmer qu'il a pris une chambre ici hier soir ?

M. Butler caressa à nouveau sa moustache.

– Jeune homme, sachez que nous ne délivrons aucune information sur nos clients. C'est l'une des règles de l'hôtel *Sleepwell*.

– Mais Wallis Wallace a disparu ! s'exclama Rose. Nous l'attendions à la librairie *Bookshop* ce matin et il n'est pas venu !

3D sortit l'emploi du temps de Wallis Wallace de sa poche.

– Regardez, il est venu ici directement de l'aéroport. Et la conductrice du taxi nous a affirmé qu'elle l'avait vu entrer dans votre hôtel.

– Et ce n'est pas n'importe qui ! Il est célèbre ! C'est l'auteur de ce roman, dit Rose en le posant sur le comptoir.

M. Butler soupira, puis se pencha vers Rose :

– Nous savons très bien qui est Wallis Wallace, jeune demoiselle.

Il regarda à nouveau 3D de son air triste. Il feuilleta le registre de l'hôtel, jeta un rapide coup d'œil à l'une des pages, et le referma rapidement.

– Monsieur Wallace a bien pris une chambre hier soir, à 20 h 05.

– Vraiment ? Et que s'est-il passé ensuite ? demanda 3D.

M. Butler désigna les ascenseurs.

– Il a gagné sa chambre. Je lui ai proposé de faire monter sa valise, mais il a préféré s'en occuper lui-même.

– Et avez-vous vu monsieur Wallace aujourd'hui ? l'interrogea Mary.

– Non, madame. Je ne l'ai pas vu. monsieur Wallace n'a pas quitté sa chambre.

3D se sentit soudain immensément soulagé. Wallis Wallace n'avait pas été kidnappé. Il était tout simplement dans sa chambre !

– Pourriez-vous l'appeler ? demanda 3D.

M. Butler tambourina des doigts sur le registre fermé, caressa sa moustache et lança un regard en coin à 3D.

– S'il vous plaît ! On veut juste s'assurer qu'il va bien, supplia 3D.

En soupirant, M. Butler s'éloigna de quelques pas et décrocha un téléphone rouge.

À peine leur avait-il tourné le dos que Josh s'empara du registre de l'hôtel. Il trouva rapidement la page de la veille, tandis que 3D et les autres se penchaient par-dessus son épaule pour lire.

3D reconnut immédiatement la signature de Wallis Wallace, tracée en grandes lettres rondes. Il avait pris une chambre, la 203, à 20 h 05.

Le garçon sortit sa lettre de sa poche et compara les deux signatures : elles étaient identiques.

Josh lui donna un coup de coude dans les côtes et chuchota :

– Regarde !

Il pointait du doigt la ligne suivante du registre.

– Quelqu'un est arrivé à l'hôtel juste après Wallis Wallace à 20 h 15 et a pris la chambre 202 ! murmura Rose.

– Mais la signature est illisible, pesta 3D.

Au même moment, M. Butler raccrocha.

Josh referma le registre de l'hôtel précipitamment.

– Wallis Wallace est-il dans sa chambre ? lui demanda-t-il en prenant son air le plus innocent.

– Je l'ignore, répondit M. Butler en tapotant nerveusement sa moustache. Il ne répond pas.

Cette nouvelle fit l'effet d'un coup de poing dans l'estomac à 3D. Son esprit s'emballa.

Si Wallis Wallace avait bien pris une chambre la veille à l'hôtel *Sleepwell*, pourquoi ne s'était-il pas présenté à la librairie *Bookshop* pour sa séance de signatures ?

Et pourquoi ne répondait-il pas au téléphone ?

Wallis Wallace avait peut-être bien été kidnappé, après tout !

L'ÉNIGME DE LA CHAMBRE 203

– Il ne répond pas ? répéta 3D.

M. Butler hocha la tête, l'air perplexe.

– Il doit être en train de se reposer et il ne souhaite pas être dérangé.

– Si nous montions vérifier, suggéra Rose en adressant son plus beau sourire au réceptionniste.

– Mais nous ne pouvons nous permettre de déranger nos clients, jeune demoiselle. C'est l'une des règles de l'hôtel *Sleepwell*. Et maintenant, au revoir, et merci.

– Mais...

– Au revoir, répéta M. Butler d'une voix ferme.

– Tout cela me paraît louche, marmonna 3D tandis que le petit groupe se dirigeait vers la sortie.

– Oui, et monsieur Butler en particulier, renchérit Josh. Vous avez remarqué sa façon de consulter le registre ? Je suis sûr qu'il voulait nous cacher quelque chose. Et pourquoi nous a-t-il tourné le dos quand il a appelé la chambre de Wallis Wallace ? Si ça se trouve, il a passé un coup de fil à ses complices pour les prévenir que nous menions une enquête !

– Qu'es-tu en train de suggérer, Josh ?

– Eh bien, monsieur Butler est peut-être le ravisseur. Après tout, c'est la dernière personne à avoir vu Wallis Wallace.

À cet instant, un homme portant une casquette rouge tapa sur l'épaule de 3D.

– Pardonnez-moi de vous interrompre, mais je vous ai entendus discuter avec mon patron, monsieur Butler, et je pense que je peux vous aider à retrouver Wallis Wallace. Mes enfants adorent ses livres.

– Génial ! dit 3D. Vous pouvez nous faire entrer dans sa chambre ?

– Non, répondit l'homme en hochant la tête. Mais je connais la femme de chambre qui s'est occupée du deuxième étage ce matin. Elle a peut-être remarqué quelque chose.

L'homme tourna le dos au réceptionniste, inscrivit quelques mots sur un carnet, arracha la page et la tendit à 3D.

– Bonne chance ! murmura-t-il avant de s'éclipser.

– Qu'a-t-il écrit ? demanda Josh.

– Sortons, lui répondit 3D.

Ils s'engouffrèrent dans la porte à tambour. Une fois sur le perron, 3D lut le message de l'homme.

– La femme de chambre s'appelle Olivia Cleanroom. Elle habite dans la résidence Redtree, appartement quatre.

– Olivia Cleanroom ? Je la connais, c'est mon ancienne baby-sitter ! lança Rose.

– La résidence Redtree est au coin de la rue, allons-y ! s'exclama 3D.

Les quatre enquêteurs se retrouvèrent bientôt devant la porte d'Olivia Cleanroom, qui leur ouvrit, un bébé dans les bras, et un petit garçon au visage couvert de beurre de cacahuète agrippé à sa jambe.

– Bonjour, déclara-t-elle. Je n'ai pas besoin de gâteaux et je suis déjà abonnée au journal de Smalltown, merci.

Elle portait une chemise d'homme bleue et un jean. Ses cheveux dépassaient d'une casquette aux couleurs de l'équipe de base-ball des Yankees.

– Olivia, c'est moi ! s'écria Rose.

Olivia dévisagea Rose, puis sourit jusqu'aux oreilles.

– Rose, je ne t'avais pas reconnue ! Comme tu as grandi ! Que fais-tu là ?

– Un homme au *Sleepwell* nous a donné ton nom.

– Un homme ? Quel homme ?

– Un homme assez vieux, avec une casquette rouge.

– Freddy ? « Assez vieux » ? gloussa Olivia. Il a à peine trente ans ! Pourquoi vous a-t-il envoyés me voir ?

– Il nous a dit que vous aviez fait le ménage dans les chambres du deuxième étage ce matin, expliqua 3D. Vous êtes-vous occupée de la 203 ?

Olivia Cleanroom fit glisser le bébé sur son autre bras et s'adressa à son fils aîné :

– Peter, arrête de t'agripper à ma jambe. Va déjeuner, s'il te plaît.

Une fois Peter rentré dans l'appartement, Olivia se tourna vers 3D.

– Non, je n'ai pas nettoyé la 203, car personne n'y a dormi. Le lit n'était pas défait, et les draps de bain étaient propres. Et je n'ai pas nettoyé non plus la chambre 202, car un panneau « Ne pas déranger » était accroché à la poignée de la porte. Ça m'a permis de rentrer plus tôt à la maison.

– Pourtant monsieur Butler nous a dit que Wallis Wallace avait pris la chambre 203 hier soir, s'étonna Rose.

– Wallis Wallace ? Celui qui écrit des romans policiers pour les enfants ? Mon neveu l'adore.

3D acquiesça d'un signe de la tête.

– Il était censé dédicacer ses romans à la librairie *Bookshop* ce matin, mais il n'est pas venu !

– Nous avons vu sa signature sur le registre de l'hôtel, pourtant, insista Rose.

– Wallis Wallace a peut-être réservé cette chambre, mais il n'y a pas passé la nuit, répondit Olivia.

– Il est possible que monsieur Butler se soit trompé de numéro de chambre, intervint Mary calmement.

Olivia lui répondit en souriant :

– Vous ne devez pas être de Smalltown, madame, sinon vous sauriez que monsieur Butler ne fait jamais d'erreur !

– Si Wallis Wallace a pris cette chambre mais n'y a pas passé la nuit, cela signifie…

– … qu'il a été kidnappé avant d'aller se coucher ! conclut Josh.

– Kidnappé ! répéta Olivia, les yeux écarquillés. Mon Dieu ! Monsieur Butler va faire une attaque ! Je l'entends d'ici : « Nous ne tolérons pas les kidnappings ! C'est une des règles du *Sleepwell* ! »

Elle avait prononcé cette dernière phrase en imitant la voix de M. Butler, et tout le monde éclata de rire sauf 3D, obsédé par l'idée que son auteur préféré avait disparu.

Un bruit sourd provenant de l'appartement les interrompit brutalement.

– Je ferais mieux d'y aller. Peter joue encore au bulldozer avec le youpala de sa petite sœur. J'espère que vous allez retrouver Wallis Wallace rapidement. Mon neveu ne se remettrait pas de sa disparition.

Les quatre enquêteurs remercièrent Olivia puis regagnèrent Main Street.

D'un pas traînant ils se dirigèrent vers le *Sleepwell*. 3D était à présent convaincu que Wallis Wallace avait été kidnappé. Mais qui l'avait enlevé ? Quand ? Et où était-il retenu prisonnier ?

– Et si on s'asseyait quelque part pour récapituler ce que nous avons appris ? proposa-t-il. J'ai l'impression que mon cerveau va exploser.

– Bonne idée, approuva Josh. Je réfléchis mieux en mangeant.

– Je vais rentrer chez moi grignoter un morceau, dit Mary. Un sandwich et une tasse de thé me feront le plus grand bien. On se retrouve après le déjeuner ?

– D'accord. Disons, à deux heures, suggéra Rose après avoir regardé sa montre.

– Où ? demanda Josh.

– À l'hôtel, proposa 3D tout en observant M. Butler à travers la vitre du hall. À moins que Maureen Fullspeed et monsieur Butler mentent tous les deux, c'est au *Sleepwell* que Wallis Wallace a disparu. Il y est entré hier soir et n'en est jamais ressorti…

HYPOTHÈSES EN TOUT GENRE

3D avait préparé des sandwiches au thon et sorti une bouteille de limonade du frigo. Rose, elle, avait apporté un paquet de chips et Josh des gâteaux aux raisins.

Ils s'installèrent dans le jardin pour déjeuner. Après avoir avalé une bouchée de sandwich, 3D déclara :

– Récapitulons ce que nous savons.

Il fit glisser son verre de limonade au centre de la table.

– Mon verre représente l'aéroport, où nous sommes sûrs que Wallis Wallace a atterri à l'heure grâce à mon coup de fil.

– Et Maureen affirme y avoir récupéré Wallis Wallace, renchérit Rose.

– D'accord, céda Josh. Continue ta démonstration, 3D.

3D rapprocha du verre l'assiette sur laquelle était posé son sandwich.

– Mon assiette représente le taxi de Maureen. Et voici Wallis Wallace qui monte dans le véhicule.

Il déposa un gâteau sur l'assiette, puis la fit glisser en direction du paquet de chips.

– Et voilà l'hôtel.

Il prit le gâteau, le mit dans le paquet ouvert puis regarda ses amis.

– La question est : que devient Wallis Wallace après son arrivée à l'hôtel ?

– Je vais te dire ce qu'il devient, lui répondit Josh en alignant quatre gâteaux sur la table. Je vous présente monsieur Goodbook, Maureen Fullspeed, monsieur Butler et Olivia Cleanroom. Si vous voulez mon avis, dit-il en fronçant les sourcils, ils ont organisé *ensemble* l'enlèvement de Wallis Wallace.

À ces mots, Rose éclata de rire.

– Josh, ne me dis pas que tu soupçonnes monsieur Goodbook et Olivia Cleanroom ? Tu n'imagines pas sérieusement mon ancienne baby-sitter et son patron en train d'organiser l'enlèvement de Wallis Wallace ?

– Non, répondit Josh après avoir avalé une chips. Pourtant quelqu'un l'a bien kidnappé !

– Le programme nous a conduits jusqu'à l'hôtel, intervint 3D, c'est aussi là que la piste que nous avons suivie prend fin. Logiquement Wallis Wallace se trouve encore dans sa chambre.

Il mordilla distraitement un gâteau et ajouta en fronçant les sourcils :

– J'ai mal à la tête à force de réfléchir.

– J'ai une idée, dit alors Rose en sortant trois romans de Wallis Wallace du sac à dos de 3D.

Elle distribua un livre à chacun des garçons et en garda un pour elle.

– À quoi vont nous servir ces livres ? l'interrogea 3D.

– Dans *Mystère au musée*, commença Rose, Wallis Wallace explique qu'il est plus facile de démasquer le coupable si on connaît bien la victime. Alors tentons d'en apprendre plus sur notre auteur disparu.

Elle retourna son livre et lut la quatrième de couverture à voix haute :

– Lorsqu'il n'est pas en train d'écrire, Wallis Wallace aime s'occuper de son jardin. Il n'est donc pas surprenant que la couleur préférée de Wallis Wallace soit le vert.

– Très bien, la coupa Josh, et en quoi connaître sa couleur préférée va-t-il nous aider à le retrouver, Rose ?

– Je n'en sais rien. Mais en lisant des choses à son sujet, peut-être découvrirons-nous des indices. Qu'y a-t-il d'écrit sur ton livre, Josh ?

– « Wallis Wallace vit dans un manoir nommé *Moose Manor.* » Mais ça on le savait déjà !

– Un détail me tracasse, mais je ne parviens pas à me rappeler quoi, déclara Rose en le fixant d'un air absent. Un détail que quelqu'un a mentionné aujourd'hui…

Elle secoua la tête.

– Enfin bref… À ton tour, 3D.

– « Wallis Wallace utilise une partie de l'argent gagné grâce à ses romans pour aider à protéger les animaux sauvages du Maine. »

– Donc, il donne de l'argent pour protéger les animaux sauvages, il vit dans un manoir et fait pousser des trucs verts, résuma Josh. Rien de tout cela n'est un indice.

Il enfourna un autre gâteau avant d'intervenir à nouveau.

– Je viens d'avoir une idée, dit-il en mâchonnant.

– Et tu comptes la partager ou pas ? lui demanda 3D avec impatience.

– Eh bien, je pensais à la chambre 202... Celle que quelqu'un a prise juste après l'arrivée de Wallis Wallace à l'hôtel. Sur le registre, la signature était illisible. Et Olivia Cleanroom nous a dit que...

– Elle nous a dit qu'un panneau « Ne pas déranger » était accroché à la porte, l'interrompit Rose, et qu'elle n'était pas entrée.

À ce moment précis, la mère de 3D se gara dans l'allée. En descendant de voiture, elle aperçut les trois amis, leur fit un signe de la main et se dirigea vers eux.

– Oh non ! Si ma mère découvre que je suis sur la piste d'un ravisseur, elle ne me laissera plus jamais sortir de la maison, se lamenta 3D. Motus et bouche cousue, OK ?

– Je ne peux même pas lui dire bonjour ? demanda Josh.

3D le bombarda de chips.

– Bien sûr que si, mais pas un mot sur tu-sais-quoi !

– Bonjour madame Duncan ! s'écria Josh en lançant un regard à 3D.

– Bonjour les enfants. Comment s'est passée la séance de dédicace ? Raconte-moi tout, Donald. Wallis Wallace est-il aussi extraordinaire que tu l'imaginais ?

3D fixa sa mère, interdit. Il ne voulait pas lui mentir, mais s'il lui disait la vérité elle ne le laisserait pas poursuivre son enquête. Et il fut soudain convaincu qu'ils étaient sur le point de la résoudre.

« Nous ne pouvons pas abandonner maintenant ! » songea-t-il tout en la fixant sans répondre.

– 3D, mon chéri, pourquoi gardes-tu la bouche ouverte ?

Il la ferma en s'admonestant : « Réponds, vite, réponds ! ».

Soudain Josh fit tomber son verre de limonade sur les genoux de 3D, qui bondit en poussant un cri.

– Je suis vraiment désolé, regretta Josh. Je ne l'ai pas fait exprès.

– Je vais chercher une éponge ! s'écria la mère de 3D.

– Merci Josh, bon réflexe, murmura 3D dès que sa mère se fut éloignée. Mais est-ce que tu étais vraiment obligé de renverser le verre sur mon jean ? Le jardin est assez grand, non ?

– Certaines personnes ne sont jamais contentes, répondit Josh en souriant jusqu'aux oreilles. Je t'ai sorti du pétrin, oui ou non ?

– Ça, on peut dire que oui, commenta Rose. Et de quelle manière ! ajouta-t-elle en riant.

3D épongea tant bien que mal son jean avec des serviettes en papier puis décréta :

– Allons retrouver Mary avant que ma mère ne revienne. Je suis persuadé que quelque chose d'étrange se passe au deuxième étage de l'hôtel *Sleepwell*.

« NE PAS DÉRANGER »

Lorsqu'ils atteignirent l'hôtel devant lequel les attendait Mary, le jean de 3D était presque sec.

– Avez-vous bien déjeuné ? leur demanda timidement Mary.

– Oui, merci, lui répondit 3D. Nous avons aussi beaucoup réfléchi et nous sommes parvenus à la conclusion qu'il se passe quelque chose d'étrange au deuxième étage de cet hôtel.

Mary se mit soudain à tousser en se cachant le visage derrière son foulard. 3D remarqua alors que les petites lettres rouges imprimées sur le tissu étaient des « M ».

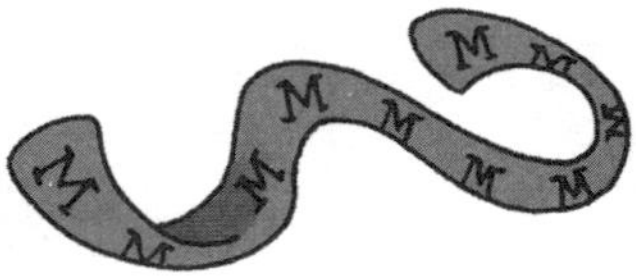

– Est-ce que ça va ? s'inquiéta 3D.

– Voulez-vous que j'aille vous chercher un verre d'eau ? lui proposa Josh.

– Non merci, ça va, leur répondit Mary en retirant ses lunettes. Qu'étiez-vous en train de me dire à propos du deuxième étage ?

– Nous pensons que Wallis Wallace s'y trouve sûrement, lui expliqua Rose, avant de lui rappeler la signature illisible du registre de l'hôtel et le panneau « Ne pas déranger » accroché à la porte de la chambre 202.

– Mon Dieu ! s'écria Mary en remettant ses lunettes. Et que devrions-nous faire d'après vous ?

– Suivez-moi ! s'exclama 3D.

Et ils pénétrèrent dans le hall de l'hôtel *Sleepwell* pour la deuxième fois de la journée.

M. Butler les regarda s'approcher de la réception.

– Salut, lui lança 3D. Vous vous souvenez de nous ?

– Oui, très bien, lui répondit-il.

– Wallis Wallace a bien pris la chambre 203, n'est-ce pas ?

– En effet.

– Eh bien nous avons discuté avec la femme de chambre qui s'est occupée de l'étage ce matin, et elle nous a dit que personne n'y avait dormi.

– Vous avez parlé avec Olivia Cleanroom ? Quand ? Et comment l'avez-vous trouvée ?

– Nous avons nos sources, rétorqua Josh.

– Et nous pensons que Wallis Wallace a disparu ici même, dit 3D.

– Vous savez, Wallis Wallace, l'auteur immensément célèbre, dont le prochain roman est attendu par des millions d'enfants, poursuivit Rose d'une voix douce.

M. Butler écarquilla les yeux, déglutit avec difficulté et frotta ses tempes comme s'il souffrait d'une migraine.

3D décida alors d'évoquer la chambre 202.

– Madame Cleanroom a déclaré qu'un panneau « Ne pas déranger » était accroché à la porte ce matin.

– Et la signature du client est illisible ! compléta Rose en désignant le registre.

– Nous pensons que les ravisseurs retiennent Wallis Wallace prisonnier dans cette chambre ! conclut Josh.

M. Butler ferma les yeux, ouvrit un tiroir, y prit une boîte d'aspirine et glissa un cachet sous sa langue.

– Nous devrions peut-être inspecter les deux chambres par prudence, intervint enfin Mary qui avait retrouvé son calme habituel.

– Ça ne prendra pas plus d'une minute, insista 3D.

M. Butler poussa un profond soupir.

– Fort bien, fort bien, répondit-il, mais cette situation est vraiment extraordinaire. Jamais rien de tel ne s'était encore produit au *Sleepwell.*

Dans l'ascenseur, tout le monde resta silencieux. 3D observait le réceptionniste, qui jouait nerveusement avec son trousseau de clés. M. Butler, quant à lui, gardait les yeux fixés sur l'aiguille indiquant l'étage auquel ils se trouvaient.

L'ascenseur s'ouvrit sur le deuxième étage. M. Butler pénétra nerveusement dans la chambre 203.

– Vraiment étrange... marmonna-t-il en découvrant une chambre vide et propre. De plus en plus étrange...

Ils se rendirent ensuite devant la chambre 202. Le panneau « Ne pas déranger » était encore accroché à la poignée.

M. Butler frappa à la porte, et tous tendirent l'oreille.

– J'ai entendu quelque chose ! s'exclama Josh.

– Quoi donc ? lui demanda Rose.

Mais il n'eut pas le temps de lui répondre, car un cri étouffé s'éleva soudain :

– À l'aide !

LE PRISONNIER DE LA CHAMBRE 202

M. Butler tourna la clé dans la serrure et ouvrit brusquement la porte.

Un homme aux cheveux blonds, bâillonné par une serviette de toilette, était assis sur une chaise au milieu de la pièce, les pieds et les bras attachés par une corde.

– Oh mon Dieu ! hurla M. Butler.

3D se précipita pour défaire les liens retenant les bras de l'homme pendant que Josh s'occupait de ceux enserrant ses pieds et que Mary lui retirait son bâillon.

– Heureusement que vous m'avez trouvé ! s'écria l'inconnu. Je suis Wallis Wallace. Hier soir, un homme prétendant appartenir au personnel de l'hôtel a frappé à ma porte. J'ai ouvert, et deux individus se sont jetés sur moi. Ils m'ont entraîné dans cette chambre et m'ont attaché à cette chaise.

Il observa 3D un instant avant de s'exclamer :

– Mais tu es Donald David Duncan ! Je te reconnais. Merci pour la photo que tu m'as envoyée. Comment m'as-tu trouvé ?

– Nous nous sommes servis du programme de votre voyage à Smalltown, expliqua 3D en montrant la feuille de papier à l'écrivain. C'est monsieur Goodbook qui nous l'a donnée.

– Je suis désolé d'avoir manqué cette séance de dédicace mais, comme vous pouvez le constater, je n'étais pas vraiment libre de mes mouvements…

Il sourit puis se frotta la mâchoire.

– Ce bâillon était trop serré. Je n'en reviens pas d'avoir été kidnappé ! Et je suis impatient de retrouver ma petite maison tranquille du Maine.

– Pourriez-vous décrire les deux hommes qui vous ont enlevé ? lui demanda 3D. Il faudrait prévenir le policier Right pour qu'il lance un avis de recherche.

Wallis Wallace regarda 3D avant de bafouiller :

– Les deux hommes ? Eh bien en fait je ne suis pas sûr de, hum, pouvoir les…

– STOP ! hurla soudain Rose.

Tous les regards se tournèrent vers elle.

– Qu'est-ce qui t'arrive, Rose ? s'inquiéta 3D. Tu n'as pas l'air dans ton assiette.

Rose avait le regard fixé sur l'écharpe rouge de Mary. Elle désigna l'homme qu'ils venaient de délivrer et s'écria :

– Vous n'êtes pas Wallis Wallace !

Puis elle se tourna vers Mary Green et déclara posément :

– Wallis Wallace, c'est vous !

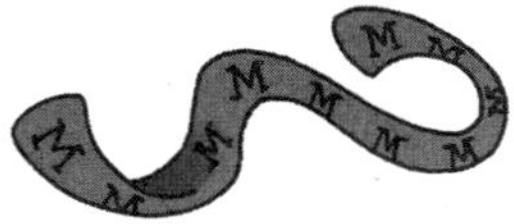

– Mais qu'est-ce que tu racontes, Rose ? s'étonna Josh.

3D, lui, ne savait plus que penser. Sa migraine avait repris de plus belle.

– Et qu'est-ce qui te fait croire que je suis Wallis Wallace ? demanda Mary.

Rose s'approcha d'elle et désigna son foulard.

– Est-ce que je peux vous l'emprunter un instant ?

Elle le brandit à bout de bras afin que chacun puisse l'observer.

– Quand j'ai vu ce foulard, j'ai pensé que les lettres imprimées étaient un clin d'œil à l'initiale de Mary. Mais ce n'était pas le cas.

Elle regarda Mary, puis retourna le foulard avant de poursuivre :

– À quoi vous font-elles penser, maintenant ?

3D se rapprocha avant de répondre :

– Ce ne sont plus des « M » mais des « W » !

– Exactement ! continua Rose. Des « W », comme dans « Wallis Wallace » !

Elle pointa ensuite un doigt en direction de l'homme qu'ils venaient de délivrer.

– Vous nous avez avoué vivre dans une petite maison, mais Wallis Wallace habite un grand manoir dans le Maine. C'est écrit au dos du *Marécage silencieux*.

Puis Rose désigna le sac de Mary et expliqua :

– En voyant votre sac je me suis rappelé qu'il était écrit sur la quatrième d'un de vos romans que votre manoir s'appelle *Moose Manor*, le Manoir de l'Élan. Or c'est un élan qui est imprimé sur votre sac !

Tout en rendant son foulard à Mary, elle conclut :

– Et puis nous avons découvert que la couleur préférée de Wallis Wallace est le vert. Or vous adorez les glaces vertes, et vous avez choisi pour pseudonyme Mary Green.

Tous les regards étaient désormais braqués sur Rose, excepté celui de l'ancien otage, qui éclata de rire et s'exclama :

– On dirait qu'ils ont découvert le pot aux roses, petite sœur !

Alors Mary se mit à rire elle aussi, et serra Rose dans ses bras.

– Bravo Rose, tu as raison, Wallis Wallace, c'est bien moi ! Et voici mon frère, Walker Wallace, avec qui je prépare ce « kidnapping » depuis des semaines, expliqua-t-elle en posant la main sur l'épaule du jeune homme.

3D fixait Mary, ou plutôt Wallis, d'un air incrédule.

– Vous voulez dire que Wallis Wallace est une femme ?

– Eh oui, 3D, comme tu peux le constater ! Je suis une femme, mais je m'appelle bien Wallis Wallace ! ajouta-t-elle avec un clin d'œil.

WALLIS WALLACE DÉMASQUÉE

Wallis Wallace s'assit sur le lit, ôta ses lunettes et entreprit de défaire son chignon. Puis elle secoua la tête, libérant une masse volumineuse de boucles brunes.

– Quel soulagement de pouvoir être enfin moi-même ! s'écria-t-elle. Je suis impatiente d'enfiler un jean et de dire adieu à la robe stricte de cette sainte nitouche de Mary Green !

Elle envoya valser ses chaussures et agita les orteils en s'exclamant :

– Ah ! Je revis !

3D cligna des yeux et hocha la tête en s'interrogeant : Mary Green et Wallis Wallace ne faisaient donc qu'une ? Il n'arrivait pas à y croire.

– Mais pourquoi avoir monté cette histoire de kidnapping ? s'étonna-t-il.

Wallis Wallace adressa un sourire lumineux aux trois amis abasourdis.

– Je vous dois des explications. Mon nouveau roman raconte l'histoire d'un écrivain de romans policiers pour enfants qui se fait kidnapper, et qui est sauvé par de jeunes lecteurs. Je me demandais comment de vrais enfants s'y prendraient pour résoudre une telle enquête.

Elle lança un clin d'œil à 3D.

– C'est à ce moment-là que j'ai reçu la lettre dans laquelle tu m'invitais à venir à Smalltown. J'ai alors eu l'idée d'organiser mon kidnapping, de me déguiser en Mary Green et d'observer l'évolution de la situation.

– C'est vrai ! s'exclama 3D. Dans votre lettre vous disiez vouloir profiter de votre séjour dans le Connecticut pour faire des recherches concernant votre prochain roman !

– Tout à fait ! Et j'ai fait exprès d'évoquer la possibilité d'un kidnapping pour vous mettre sur la voie. J'étais prête à vous donner des indices pendant l'enquête, mais vous avez réussi à la résoudre sans mon aide !

– Grâce à la photo que je vous avais envoyée, vous m'avez reconnu à la librairie, reprit 3D en riant. Et pour que je ne puisse pas vous reconnaître vous ne m'aviez pas envoyé la vôtre !

– Ma sœur a fini par me faire entrer dans son plan, intervint alors Walker Wallace. Moi qui devrais être à la maison, à surveiller mes casiers de homards !

– Pendant votre déjeuner, Walker et moi nous sommes retrouvés ici pour manger. Et un peu avant 14 heures, je l'ai attaché à cette chaise et bâillonné, avant de me précipiter en bas pour vous rejoindre, déguisée en Mary. Et quand 3D m'a expliqué que, selon vous, il se passait quelque chose d'étrange au deuxième étage, j'ai fait semblant de tousser alors qu'en fait j'avais envie de rire.

– Vous nous avez bien eus ! Et monsieur Goodbook aussi ! lui dit Josh.

Wallis Wallace se tourna vers lui.

– Monsieur Goodbook était au courant de toute l'histoire. Comme vous vous en êtes rendu compte ce matin à la librairie *Bookshop*, ça l'a mis assez mal à l'aise. Je lui ai donc promis que je reviendrais pour une véritable séance de dédicace.

– Quand je pense à quel point j'étais déçu ce matin de ne pas avoir rencontré mon auteur préféré ! s'exclama 3D. Alors qu'en fait j'ai passé toute la journée avec lui, enfin avec elle, sans le savoir !

– Je suis désolée de t'avoir joué ce tour, 3D, rétorqua Wallis. J'espère que tu me pardonnes.

– Bien sûr ! répondit 3D en rougissant jusqu'aux oreilles.

– J'ai une question à vous poser, intervint Josh. Où avez-vous passé la nuit dernière ?

– Ici même, dans la chambre 202. Quand je suis arrivée à l'hôtel, déguisée en homme, je suis montée à la chambre 203. Là, j'ai retiré mon imperméable, mon chapeau et mes lunettes de soleil, j'ai mis une perruque blonde et je suis redescendue prendre la chambre 202. J'avais appelé l'hôtel quelques jours plus tôt pour réserver deux chambres côte à côte.

– Est-ce que vous avez fait exprès de rendre votre signature illisible sur le registre ? lui demanda Rose.

– Eh bien pour tout te dire, j'ai tellement l'habitude de signer de mon nom que lorsque j'ai pris la chambre 202 j'ai écrit Wallis, alors j'ai dû gribouiller par-dessus.

– J'ai encore une question, Mary, enfin, je veux dire, madame Wallace... Comment devons-nous vous appeler ? l'interrogea 3D.

– Mes amis m'appellent Wallis.

– Wallis, la conductrice du taxi nous a dit que vous souriiez pendant le trajet jusqu'à l'hôtel. Qu'est-ce qui vous faisait sourire ?

– Un tas de choses, lui répondit-elle avec un sourire radieux. Pour commencer, je me sentais un peu idiote dans ce déguisement d'homme. Je savais aussi que j'étais sur le point de rencontrer l'un de mes plus grands fans, c'est-à-dire toi, Donald David

Duncan. Et enfin j'étais contente parce que la journée du lendemain promettait d'être amusante, quelle que soit la façon dont elle se déroulerait.

– Ça, pour être amusante, elle l'a été ! renchérit Josh. Quand je pense que ce pauvre monsieur Goodbook a été obligé de mentir à tout le monde !

– J'ai tout de même trouvé difficile de jouer le rôle de Mary pendant tout ce temps. Mais ça en valait la peine : j'ai rencontré trois enquêteurs doués. Grâce à vous je sais comment réagiraient des enfants confrontés à un kidnapping. Je n'ai plus qu'à rentrer chez moi pour terminer mon roman !

– Comment se fait-il que vous ne vous soyez jamais décrite comme une femme sur vos quatrièmes de couverture ? s'étonna Rose.

– La plupart des gens déduisent de mon nom que je suis un homme, lui répondit Wallis en souriant. Je préfère ne pas les détromper, et me faire passer pour la discrète Mary Green. Comme ça je peux effectuer mes recherches en toute tranquillité et je préserve mon anonymat.

– Et c'est également pour cette raison que votre photo n'apparaît pas sur vos livres ! s'écria 3D. Du coup, personne ne risque de vous reconnaître !

– Exactement. Et je compte sur vous pour garder mon secret.

– Vous pouvez nous faire confiance ! répondit Rose.

– Merci ! Avez-vous d'autres questions à me poser ?

– Oui ! intervint Walker. Quand rentrons-nous à la maison ? C'est que j'ai des homards à pêcher, moi !

– J'ai une question, moi aussi ! osa 3D. Vous m'enverrez une photo, maintenant que je vous connais ?

– Oui, bien sûr, mais je ferai mieux, lui répondit Wallis. Je dédierai mon nouveau roman à mes trois nouveaux amis.

3D, Josh et Rose explosèrent de joie.

– Veuillez m'excuser, les interrompit alors M. Butler, qui se tenait toujours sur le seuil.

3D, Rose, Josh, Wallis et Walker se tournèrent vers lui.

– Il va bientôt être l'heure de rendre la chambre.

À ces mots, tout le monde éclata de rire.

Et M. Butler esquissa un minuscule sourire sous sa moustache.

Retrouve 3D, Josh et Rose
pour de nouvelles enquêtes dans :

ÉTRANGES DISPARITIONS

UN FANTÔME AU MANOIR

À suivre…

TABLE DES MATIÈRES

L'AUTEUR

Ron Roy est né à Hartford, sur la côte est des États-Unis. Il a longtemps été professeur des écoles. Il écrit tous les matins et parfois l'après-midi.
Comme les héros de « Mystère Mystère », il adore les animaux et il a un chien qui s'appelle Pal. Il aime se promener, nager, faire la cuisine et voyager dans le monde entier. Le vert brocoli est sa couleur préférée.

L'ILLUSTRATEUR

Nicolas Julo est né en 1966 à Paris. Dès qu'il a su tenir un crayon, il a décidé de devenir illustrateur.
Il vit près de Chambéry. Là, entre deux dessins, il pratique l'escalade, la spéléologie, et aime les balades avec ses enfants.
Les histoires qu'il préfère privilégient l'humour et l'imagination.

Retrouvez la collection

Rageot Poche

sur le site www.rageot.fr

Achevé d'imprimer en France en août 2009
par CPI – Hérissey à Évreux (Eure).
Dépôt légal : septembre 2009
N° d'édition : 4970 - 01
N° d'impression : 112175
CPI